Paris
1793

Dubuisson

Zélia

ZELIA,

DRAME

EN TROIS ACTES,

MÊLÉ DE MUSIQUE.

PAROLES DE DUBUISSON, (Paul-Ulric)

MUSIQUE DE DESHAYE.

A PARIS,

Et se trouve A LILLE;

Chez le Citoyen DEPERNE, Libraire, rue Neuve, N.° 175, et chez les marchands de Nouveautés.

1793.

PERSONNAGES.

Le Baron de MONTCLAM, sous le nom du Baron de Fontorbe.

CECILE, première femme du Baron Lucy, leur fille.

ZELIA, seconde femme du Baron.

JULIEN, concierge du château, ancien valet du Baron.

La veuve TATILLON, aubergiste.

NANETTE, fille d'auberge.

NICOLAS, valet d'auberge.

Un POSTILLON.

Un ABBÉ.

Deux VIEILLES.

Deux VIEUX.

Domestiques et Villageois.

La scène est dans un Village de la Saxe.

CARACTERE DES PERSONNAGES.

Le Baron est un officier déjà un peu âgé, homme de bon ton et très-honnête.

Cécile est triste, comme ayant l'habitude du malheur.

Lucy, fille de Cécile et du Baron, a un maintien intéressant et un peu triste.

Zélia est tout amour, toute ame.

Julien est un vieux soldat plein de franchise et de sensibilité brusque, mais touchante.

La veuve Tatillon est une bavarde impitoyable.

Nanette est très-gaie et maligne.

Nicolas est un réjoui.

ZELIA,
DRAME
EN TROIS ACTES.

ACTE PREMIER.

Le théâtre représente une grande salle d'auberge.

SCENE PREMIERE.

La veuve TATILLON, NANETTE, NICOLAS.

La veuve TATILLON. (*Seule d'abord elle va et vient avec un air effaré*).

Nicolas! Nicolas! Nicolas!
Nanette! Nanette! Nanette!
Eh quoi! ne m'entendent-ils pas!
Voilà vingt fois que je répète.....
Nicolas!

(*Nicolas, derrière le théâtre*).

On y va.

La veuve TATILLON.

Nanette!

(*Nanette derrière le théâtre*).

On y va.

La veuve TATILLON.

Bien vîte.

NICOLAS et NANETTE.

On y va.
(Accourant). Nous voilà, nous voilà.

La veuve TATILLON.

A la fin pourtant vous voilà :
C'est bien heureux que l'on m'entende.

NICOLAS et NANETTE.

Donnez le tems que l'on descende ;
Mais pourquoi donc ce carillon?
Mais que veut donc mam' Tatillon ?

La veuve TATILLON.

Ce que je veux? belle demande
Eh! n'entendez-vous pas le train qu'on fait là bas ?

NICOLAS.

J'entends fort bien là-bas
Des postillons dont le fracas
A tour de bras, fli, flin, fla,
Fait fuir les chats dans les goutières,
Et donne aux chiens les étrivières ;
Fli, flin, fla,
Quel fracas, quel fracas !

NANETTE.

Le coche arrive.

NICOLAS.

Il a tort, car il n'est pas l'heure.

La veuve TATILLON.

Mais si c'est lui, qu'importe l'heure,

NANETTE.

En route faut-il qu'il demeure
Pour plaire à monsieur Nicolas ?

NICOLAS.

Eh ! pourquoi pas, eh ! pourquoi pas.

La veuve TATILLON.

Finissez votre bavardage ;
Que chacun se mette à l'ouvrage,
Et prépare tout le ménage
Pour les gens qui sont en voyage.
Il faut, et c'est là mon usage,
Les bien servir
Pour les forcer à revenir.

NANETTE et NICOLAS.

Prudent et sage
Pour les forcer à revenir.

SCENE II.

LES PRÉCÉDENS, GRAND TRAIN, Postillon.

GRAND TRAIN.

Bon jour à madam' Tatillon.

NICOLAS et NANETTE.

Eh ! c'est Grand Train le postillon.

La veuve TATILLON.

Nous amenez-vous compagnie ?

GRAND TRAIN.

Oui, oui, nombreuse et bien choisie :
Regardez-en l'échantillon,
Mère honnête et fille jolie.

TOUS.

Mère honnête et fille jolie,
C'est un heureux échantillon.

SCENE III.

Les PRÉCÉDENS, deux VIEILLES, deux VOYAGEURS, L'ABBÉ et autres.

(*Ils remettent leurs paquets à Nicolas et Nanette*).

Tenez, prenez.

NICOLAS et NANETTE.

Assez, assez.
Cessez, cessez.

NANETTE.

Balourd !

NICOLAS,

C'est lourd.

UNE VIEILLE.

Laisser ainsi tomber par terre
Des paquets de cette valeur.

NICOLAS.

Ce seroit un plus grand malheur
Si vos effets étoient de verre.

LES VIEILLES.

Finissez, monsieur le railleur.

TOUS.

Ce seroit un plus grand malheur,
Si vos effets étoient de verre.

LES VIEILLES.

Finissez donc ce ton railleur,
Ou vous me mettrez en fureur.

TOUS.

Oui, finissons ce ton railleur,
Madame se met en fureur.

Un VOYAGEUR.

Le dîner est-il prêt?

LA VEUVE TATILLON.

Bientôt.
Messieurs, mesdames, montez là-haut.

TOUS.

Montons là-haut.

GRAND TRAIN.

Fort bien, mais avant je vous prie
La petite cérémonie,
Je vous ai mené au galop.

LES VIEILLES.

Que trop.

Les VOYAGEURS.

Pas trop.

GRAND TRAIN.

Je vous ai mené au galop;
Cela mérite récompense.

LUCY ET CECILE.

Il nous a mené au galop;
Cela mérite récompense.
Tenez, tenez, mon ami.

GRAND TRAIN.

Bien grand merci:
Vous m'allez porter bonne chance.
Et vous, mesdames.

LES VIEILLES.

Rien, rien, rien.

GRAND TRAIN.

Je m'en doutois bien :
Les vieilles sont avares.
Et vous, messieurs ?

Les VOYAGEURS.

Rien.

GRAND TRAIN.

Je m'en doutais bien :
Chez eux les espèces sont rares.
Et vous, monsieur l'abbé ?

L'ABBÉ

Qu'est-ce encor qu'il vous faut ?

GRAND TRAIN.

Je vous demande pour boire.

L'ABBÉ.

A moi, j'ai peine à le croire,
Pour boire y pensez vous?
Boire est un grand défaut.
Voulez vous qu'un homme d'église
A ses dépens vous autorise
A vous damner Pour ce défaut
Je sais trop ce qu'il faut.

TOUS.

Montez } Là haut.
Montons }
Le dîner sera prêt bientôt.

La Veuve TATILLON *s'apperçoit que Cécile et Lucy ne sont pas montées avec les autres.*

Mesdames, est-ce que vous ne montez pas pour dîner avec tout le monde?

CECILE, *lentement.*

Nous ne sommes pas si pressées que les autres.

LUCY, *vivement.*

Voilà notre voyage fini.

CECILE.

Nous resterons dans ce village.

La Veuve TATILLON.

Ah! je vois ce que c'est ; vous venez peut-être pour demeurer avec madame la Baronne?

LUCY.

Justement.

La Veuve TATILLON.

Vous êtes sans doute les personnes qu'une dame de ses amies lui a proposées pour .....

LUCY.

Pour lui tenir compagnie dans son château.

La Veuve TATILLON.

Oui, pour être femme de chambre, de compagnie, comme ils les appellent à présent.

LUCY, *avec humeur, à la Veuve Tatillon.*

Madame .....

CECILE, *bas à Lucy.*

Point d'orgueil, ma fille, il y a long-tems qu'il ne convient plus à notre situation. (*haut à la veuve Tatillon.*) Oui, madame, nous venons demeurer chez la Baronne de Fontorbe. Si nous sommes assez heureux pour qu'elle agrée nos services.

La veuve TATILLON.

Oh! elle les agréera, je vous en réponds; elle est si bonne, et puis, vous avez l'air de si honnêtes personnes. Elle a beaucoup d'impatience de vous voir : elle a déjà envoyé ici dix fois, et est venue hier elle-même savoir si vous n'étiez pas dans la voiture qui a passé. Oh! elle n'est pas fière.

CECILE.

Tant mieux! c'étoit la seule chose que je craignois.

La veuve TATILLON.

Comme vous serez bien avec elle, Mais il faut pourtant

pourtant que je vous prévienne un peu de son caractère ; car elle a ses petits défauts, et qu'est-ce qui n'a pas les siens ? Feu mon mari, par exemple... mais ce n'est pas lui dont je veux vous parler, c'est de madame la Baronne. Je disois donc .... Qu'est-ce que je disois ?

LUCY, *légèrement.*

Mais .... ses petits défauts ?

CECILE.

Ma fille, point de ces questions-là, elles sont très-indiscrettes.

LUCY.

Maman, ce n'est pas par curiosité, c'est par envie de me conformer à l'humeur de madame la Baronne, afin de lui plaire davantage.

La veuve TATILLON.

Eh ! sans doute, ce n'est que pour cela non plus que je voulois vous prévenir ... Je disois donc... Qu'est-ce que je disois ?

CECILE.

Vous vouliez nous parler de ses défauts, et je vois que vous avez de la peine à vous en rappeller ; Moi, j'en aurois beaucoup à vous entendre nous en entretenir ; dites-nous seulement quel est son caractère ?

TRIO.

CECILE.

Est-elle impérieuse ?

La veuve TATILLON.

Non.

LUCY, CECILE.

Bon !

CECILE.

Querelleuse ?

La veuve TATILLON.

Non.

LES DEUX.

Bon.

CECILE.

Capricieuse.

La veuve TATILLON.

Non.

LES DEUX.

Bon !

CECILE.

Dédaigneuse ?

La veuve TATILLON.

Non.

LES DEUX.

Bon !

CECILE.

Est-elle heureuse ?

LA VEUVE TATILLON.

Heureuse ? Non.

CECILE, LUCY.

Eh pourquoi donc ?

LA VEUVE TATILLON.

Oh ! c'est une histoire scabreuse ;
Le récit en seroit trop long.

CECILE.

Si le sort la rend malheureuse,
Nous la plaindrons avec raison.

LUCY.

Mais, madame, dites-nous donc
Pourquoi n'est-elle pas heureuse ?

CECILE.

Mais, madame, etc.

LA VEUVE TATILLON.

Oh ! c'est une histoire scabreuse ;
Le récit en seroit trop long.

CECILE, LUCY.

De bien bon cœur nous la plaindrons.

CECILE.

La personne qui m'adresse à elle m'a dit que veuve depuis trois ans....

LA VEUVE TATILLON.

Oh ! oui, veuve ! Dieu le sait ; c'est bien pis. Asseyez-vous, que je vous conte tout cela. Son mari est parti secrettement depuis long-tems, et elle n'a plus entendu parler de lui.

CECILE.

L'infortunée ! que je la plains !

LA VEUVE TATILLON.

Oh ! si vous la plaignez, vous serez bien avec elle ; c'est là tout ce qu'elle demande.

CECILE.

Abandonnée de son mari sans savoir !...

LA VEUVE TATILLON.

De son mari ! de son mari ! Il y a peut-être bien des choses à dire là-dessus.... De mauvaises langues, enfin suffit ; moi, je ne suis ni méchante, ni bavarde, comme ma commère Michelle, qui a dit dans tout le village qu'ils n'avoient jamais été mariés ; mais sur tout cela, le plus grand secret, je vous prie.

CECILE.

Que je suis surprise !

LA VEUVE TATILLON.

Eh ! vraiment oui, surprise, et je l'ai été aussi

quand j'ai entendu ces bruits-là ; car je ne connois pas monsieur le Baron, moi : il n'y a que deux ans que je suis dans ce village, et il y en a trois qu'il est parti ; mais, voilà toujours ce qu'on dit sur son compte. Il y a huit ans qu'ils sont venus demeurer ici, et s'ils se sont mariés, c'est ailleurs. Ils ont acheté ce château que vous voyez de ces fenêtres, et dont le jardin vient jusques sur le grand chemin. Ils se sont fait appeller monsieur et madame de Fontorbe ; mais ma commère soutient que ce n'est pas leur vrai nom. On le regardoit lui comme un officier qui s'étoit enrichi dans la guerre de l'Amérique d'où il avoit ramené cette jeune personne, qui n'avoit alors tout au plus que seize à dix-sept ans.

LUCY.

Elle n'en a donc que vingt-quatre à présent ?

LA VEUVE TATILLON.

Assurément, et elle n'en paroit guères davantage, quoique le chagrin ne nous rajeunisse pas. Je l'ai bien éprouvé par moi-même, quand mon pauvre homme passa de vie à trépas ; au bout de huit jours que je le pleurois, j'étois déjà toute défaite.

LUCY.

Il me semble que vous avez pris le parti de vous consoler.

LA VEUVE TATILLON.

Oh ! dame ! nous autres, nous n'avons pas le tems de pleurer : qu'on ait du plaisir ou de la peine, il faut toujours travailler ; mais aussi, mon commerce va assez bien, dieu merci, et pour une veuve qui n'a point d'enfans.... A propos d'enfans, j'oubliois.... Il faut que je vous prévienne de ça. (*Elle se lève avec mystère.*)

CECILE.

Qu'est-ce que c'est, donc ?

LA VEUVE TATILLON.

Ne parlez jamais d'enfant à votre Baronne, si vous ne voulez pas la voir pleurer tout de suite.

LUCY.

Eh! pourquoi ?

LA VEUVE TATILLON.

Elle a eu une petite fille qui est morte presque en naissant. Elle lui a élevé dans son jardin un tombeau de simple gazon. On a bien voulu dire quelque chose, mais avec de ça. (*Elle fait un signe d'argent.*) Tout a été dans l'ordre, et même avant que l'officier fut parti, elle a voulu que l'on creusât leur tombe à tous deux, à côté de leur fille, et elle a entouré cet endroit d'arbres si tristes, que même à cent pas de-là on se sent envie de pleurer.... Mais le tems se passe à jaser, et le monde qui est là-haut..... Faut que j'aille donner un coup-d'œil; vous sentez bien que sans cela rien ne se feroit. Excusez, mesdames. (*Elle leur fait de petites révérences familières.*) Je reviendrai savoir quand vous voudrez aller au château, je vous y ferai conduire.

CECILE.

Mais.... cette après-midi.... Je me sens un peu fatiguée, je vous demanderai une chambre en attendant.

LA VEUVE TATILLON.

Oh! bien volontiers, et si vous voulez même dîner auparavant, vous ferez fort bien. Je redescends, je redescends; j'arrangerai tout cela. Vous serez contente; attendez-moi ici; je reviens tout de suite.

SCENE IV.

CECILE, LUCY.

LUCY, *riant.*

Cette femme n'est pas babillarde comme sa commère Michelle.

CECILE.

Je suis bien aise qu'elle nous ait quitté un moment; ma chère Lucy, j'avois peine à retenir mes larmes. (*Elle s'appuie sur les bras de sa fille et essuie ses yeux.*)

LUCY.

Ah! mon dieu! maman, qu'avez-vous donc?

CECILE.

Les discours de cette femme.... Ce qu'elle m'a dit des chagrins de cette Baronne où nous allons demeurer, tout m'a rappellé les miens plus vivement que jamais. Que de ressemblance en nos destinées! Madame de Fontorbe abandonnée de son époux sans savoir ce qu'il est devenu! et moi après six ans de l'union la plus tendre, séparée du mien par un de ces évènemens cruels, trop communs pendant la guerre, et séparée pour jamais. (*Elle tire un mouchoir.*)

LUCY, *voulant l'empêcher de pleurer.*

Maman!... maman!... Ecartez donc ces tristes souvenirs; vous m'aviez promis d'oublier....

CECILE.

Ah! comment oublier un malheur qui a été la cause de tous ceux qui m'ont enfin réduite à chercher pour la femme et la fille du Baron de Montclam une ressource qui n'étoit point faite pour elles.

LUCY.

Maman, vous m'avez tant recommandé le courage.

CECILE.

Chère et cruelle enfant! c'est en pensant à toi que le mien m'abandonne: je te vois commencer une carrière remplie de désagrémens et de dangers. Lucy! (*en la serrant contre son sein.*) Lucy... tu vas servir... (nous sommes seules à présent, je puis te parler sans crainte). Je t'avouerai qu'au moment de te voir prendre un pareil état, toutes mes répugnances augmentent, et il me semble que ton père, s'il vit encore, viendra me reprocher un jour l'abaissement auquel j'aurai permis que son sang soit descendu.

LUCY.

Hélas! mon père n'est plus, nous devons le croire, après toutes les recherches que vous avez faites inutilement.

CECILE.

Il n'est plus.... Je ne puis me faire à cette idée!.... Les barbares qui m'arrachèrent à ma demeure, avec toi, que je tenois alors dans mes bras..... T'en souvient-il, Lucy?

LUCY.

J'avois à peine cinq ans; mais la peur qu'ils me causèrent m'est toujours présente. Mon imagination effrayée ne se retrace que trop souvent l'instant fatal où la petite ville que nous habitions, tandis que mon père étoit à l'armée, fut tout-à-coup assaillie et mise en flammes par des vainqueurs furieux; et nous, entraînées dans une cruelle captivité; mais comment ne pûtes-vous, dans le même tems, faire connoître à mon père notre affreuse situation? C'est ce que je me suis dit mille fois.

CECILE.

Nos ravisseurs, en se retirant, semèrent le bruit que tout étoit péri dans leur invasion, emmené dans des régions éloignées et presque barbares. Sans connoissances, sans secours, j'écrivis envain; mes lettres ne parvinrent pas; et d'ailleurs, une longue maladie m'empêcha long-tems de pouvoir faire aucune tentative pour instruire de ma pénible existence celui qui seul pouvoit y prendre intérêt; car j'avois perdu tous mes parens lorsque j'épousai le baron de Montclam. Enfin, quand je fus rendue à ma patrie, il étoit trop tard. Montclam étoit déjà disparu lui-même de l'Allemagne quelque tems après mon malheur. Je n'ai pu jusqu'à ce jour découvrir ses traces; peut-être a-t-il aussi vainement cherché les miennes.

SCENE V.

La Veuve TATILLON, CECILE, LUCIE, NANETTE.

LA VEUVE TATILLON.

Voilà tout mon monde parti. Je suis à vous à présent. (*à Cécile*). Voulez-vous toujours passer dans une chambre? Je vous le conseille; car vous avez l'air terriblement fatiguée.

CECILE.

Oui, j'irai avec plaisir.

La veuve TATILLON, *lui ouvrant une porte de côté.*

Tenez, vous serez bien ici.

LUCY.

Maman, je ne vous quitte pas.

CECILE.

Reste, je te prie, avec madame; je veux essayer de dormir un peu.

LUCY.

LUCY, *bas avec tendresse.*

Vous voulez pleurer ?

CECILE *bas.*

(*D'un ton mal assuré*). Non, non; mais reste, mon enfant; j'ai plus de fermeté quand je ne te vois pas. (*haut*). Madame, je vous recommande ma fille: je vais tâcher de me reposer. (*Elle baise Lucy au front et s'appuie sur le bras de Nanette pour sortir*).

LA VEUVE TATILLON.

Vous ferez bien.... (*à Lucy*). Allons, jeunesse, venez faire un peu connoissance avec les environs.

NICOLAS *accourant.*

V'là madame la baronne de Fontorbe qui vient ici.

LA VEUVE TATILLON.

Je vous avois bien dit qu'elle n'étoit pas fière..... Je gage que de la terrasse elle vous aura vu descendre de voiture, et qu'elle se sera doutée de quelque chose.

SCENE VI.

ZELIA, LUCIE, la veuve TATILLON.

ZELIA, *appercevant Lucy qui lui fait une révérence basse.*

Bon jour, ma voisine !..... Bon bon jour, ma chère.... (*bas*). J'ai vu..... non..... mais oui, une ressemblance marquée avec.... Eh ! ne crois-je pas le voir par-tout ! ...... Remettons-nous. (*haut et pourtant troublée*). Qui êtes-vous, mademoiselle ?

LUCY, *timidement.*

Madame, je suis... Maman s'appelle Cécile Sommer.

ZELIA.

C'est donc la dame que l'on m'a adressée ? Et où est-elle ?

LUCY, *toujours timidement.*

Un peu de fatigue l'a fait passer dans une chambre voisine pour tâcher de se remettre avant de se présenter chez madame.

LA VEUVE TATILLON.

Je vais aller l'avertir que madame la Baronne est ici.

ZELIA, *vivement.*

N'en faites rien, je vous prie : voulez-vous que pour lui donner bonne opinion de moi, je commence par interrompre inutilement un repos qui lui est sans doute nécessaire? Laissez-là, je vous le demande en grace.

LA VEUVE TATILLON.

Je ne suis pas faite pour contrarier madame la Baronne; en tous cas, voilà sa fille par qui vous la ferez avertir, quand bon vous semblera. Je vais avec votre permission donner quelques ordres dans ma maison. J'ai tant de mal, j'ai tant de mal.

ZELIA.

Allez, vous ne me faites point de peine de me laisser un moment seule avec cette jeune personne. (*la veuve sort.*) (*à Lucy.*) Ma petite, vous avez un air de timidité qui fait l'éloge de votre caractère.... Mais.... (*Elle lui tend la main.*) Tenez, ma chère, n'ayez pas peur de moi. Je vois que l'on vous a mal informée; ce n'est point une maîtresse que vous serez venu trouver ici; c'est et ce sera une amie, entendez-vous, une bonne amie?

LUCY.

Ah! madame! quels devoirs tant de bontés ne s'impose!

ZELIA.

Aucun, aucun, que celui de m'aimer un peu.

LUCY.

Je sens que vous me le rendrez bien facile.

ZELIA.

La dame qui vous adresse à moi m'écrit que votre mère n'a encore demeuré chez personne.

LUCY.

Il est vrai, madame, votre maison sera notre première condition.

ZELIA.

Et la dernière, j'en suis bien sûre..... Mais, dites..... L'intérêt que vous m'inspirez..... Ne pourrois-je savoir qui vous êtes ?

LUCY, *embarrassée.*

Madame !

ZELIA.

Je ne vous demande point précisément le récit détaillé de vos malheurs. Je sais que votre mère en a essuyé beaucoup, et je respecterai ses secrets, si elle veut en avoir pour moi ; mais je serai du moins bien aise d'apprendre .....

LUCY, *embarrassée.*

Madame ..... maman m'a dit de répondre à des questions comme celle-là, que mon père étoit un marchand .....qu'une banqueroute a ruiné et forcé de quitter sa patrie depuis dix ans qu'on ne sait ce qu'il est devenu.

ZELIA.

On ne sait ce qu'il est devenu, (*bas avec douleur en soupirant*) et moi aussi je ne sais ce qu'il est devenu..... (*haut*). Et votre mère le regrette.

LUCY.

Toujours.

ZELIA.

Toujours ! ah ! tant mieux ! voilà une femme qu

m'entendra ; qui ne jettera pas un coup d'œil froid sur mes douleurs..... (*Elle va vers l'escalier et revient*). Oh! comme il me tarde..... mais non.... en attendant qu'elle se réveille..... (*bas en regardant Lucy*). Il y a je ne sais quoi dans cette figure-là qui me fait peine et plaisir!.... ma chère.... J'aurois bien besoin de savoir votre nom; je sens que je m'en servirai souvent. Comment vous appelez-vous?

LUCY.

Madame, je m'appelle Lucy.

ZELIA, *avec transport.*

Lucy..... tu t'appelles Lucy?

LUCY.

Oui, madame, pour ce nom-là il est bien à moi, et depuis que je suis née..... (*à part*). Pour l'autre ce n'est pas de même.

AIR.

ZELIA.

Lucy, que dis-tu là!
Quoi! c'est ainsi que l'on t'appelle.
Ce nom est gravé là,
Gravé par ma peine éternelle:
Ce nom est gravé là
Par la tendresse maternelle,
Apprend que son père
Appela de ce nom
En naissant, ma fille,
Puisque tu portes ce nom-là,
Tu deviendras de la famille;
Lucy, ton nom est là:
Tu me tiendras lieu de ma fille.

(*Nanette entre et arrange quelque chose*).

ZELIA.

Viens m'accompagner jusqu'au château, je te renverrai par le concierge, vieux serviteur de mon mari.

LUCY.

Madame, si ma mère se réveilloit, et qu'elle ne

me trouvât pas près d'elle, cela pourroit lui donner de l'inquiétude ; souffrez que je lui épargne au moins celle-là.

ZELIA, *lui serrant la main.*

Tu as raison, mon enfant, tu as raison ! (*à part*) Que je l'aimerai ! (*haut*) reste, reste.... (*tirant Nanette à l'écart*). Nanette, vous direz à votre maîtresse de donner tout ce qu'elle aura de meilleur aux deux étrangères qui sont chez elle, et de refuser leur argent.

NANETTE.

Je n'y manquerai pas, mam' la baronne.

ZELIA.

Adieu, ma chère, adieu : je vais envoyer chercher tout ce qui vous apartient ; il me tarde de vous voir chez moi. Une fois au château, tu ne me quitteras plus, n'est-ce pas ?

LUCY [*voulant lui baiser la main*].

Oh ! je le desire bien.

ZELIA [*retirant sa main, et l'embrassant vivement*].

Non, non, j'embrasse ma Lucy. (*à part vers le public*). Ah ! si je ne l'avois pas perdu, quel plaisir j'aurois à lui dire : tiens, voilà ta fille que le ciel nous rend..... car en vérité, elle lui ressemble.

SCENE VII.

LUCY et NANETTE.

LUCY.

Allons voir si ma mère est réveillée.

NANETTE.

J'en viens ; elle dort de tout son cœur : ainsi, mam'selle, vous ferez bien de ne pas l'interrompre ;

mais expliquez-moi donc ça. Mam' Tatillon vient de nous conter que vous alliez entrer au service de s'te baronne, et v'là qu'el vous embrasse ni plus ni moins que si vous étiez son égale; je ne comprenons pas trop ça, nous..... (*Lucy regarde les fenêtres pendant tout ce tems*). Vous ne répondez point !.... Oh ! faut pas que ça vous rende fière; vous ne serez pas fâchée avant queuques jours de venir à l'auberge danser sous l'ormeau de la grande cour en cachette de votre maîtresse, comme faisoient celles que vous allez remplacer; car j'vous avertissons que s'te condition là n'est pas bien gaie, et personne n'y peut tenir à cause d'ça, et tenez demandez à Nicolas.

SCENE VIII.

NICOLAS, LUCIE, NANETTE.

NICOLAS.

Eh bien ! que y a-t-il donc qu'faut i' nous demander ? à vous besoin de note service, la belle enfant ?

LUCY, *fièrement.*

Moi ! je ne vous demande rien.

NANETTE.

C'est moi qui la préviens que la maison de mam' la baronne est assez triste. Toi, qui y as servi, quelques mois, tu peux ben l'en assurer.

NICOLAS.

Oh ! oui, et sans mentir encore !

LUCY, *avec un ton piqué.*

Vous avez eu le bonheur de servir chez madame de Fontorbe, et vous n'y êtes pas resté ! il faut donc que vous soyez....

NANETTE, *riant.*

Un ben mavuais sujet ? n'est-ce pas ? C'est aussi ce que j'avions envie de penser ; mais, tenez, ce n'est pas ça ; car dans le vrai, c'est un bon garçon quand on le connoît, et j'l'aimons ben ; mais c'est que leurs humeurs ne se convenoient pas.

NICOLAS.

Et v'là ce que c'est. Je vais vous détailler ça tout au plus juste.

AIR.

NICOLAS.

Si vous connoissiez c'te baronne,
Cela ne vous surprendroit pas :
Elle est ben douce, elle est ben bonne,
Mais ce n'est pas l' fait d'Nicolas.
Toujours all pleure
Ou son enfant ou son époux.
Moi j'veux ben pleurer un' demie heure :
Mais dam' toujours à la fin on s'lasse de tout.
Un jour j'ly dis, mam' la baronne,
L'on n'sait trop oucqu'est votre époux :
Morgué ! n'y a-t il pas d'aut' personne
Qui puisse être de votre goût ;
Toujours des larmes.
J'vous l'dis avec sincérité,
A la fin ça gâte les charmes.
C'te vérité fut prise du mauvais côté.

J'eus mon congé dès le lendemain, et j'vins dans c'te auberge batifoler l'amour avec s'te brave fille qui n'a pas la manie de s'attristailler sans cesse.

NANETTE.

Oh ! pour ça non ! j'ons p't'être ben des défauts ; mais pour celui d'être chagreine, ce n'est pas le nôtre, je m'en vante.

AIR.

On m'aime dans le village
Pour ma plaisante humeur :
On sait bien que j'somm' sage ;
Mais je rions de bon cœur.
Et dam pardié c'est l'âge
D'être de bonne humeur.

On dit que la jeunesse
Est une tendre fleur ;
Si l'vent vient d'la tristesse
Ell' languit sans couleur.
Les ris et l'alégresse
Lui rendent sa vigueur.

Du beau tems de la vie
Cherchons donc à jouir ;
S'en priver est folie,
On risque de périr.
Jeunesse et fleur jolie
Qui doit s'épanouir.

NICOLAS.

Bon ! tandis que j'l'écoutions, m'est avis que v'là comme une chaise de poste qui vient de s'arrêter dans la cour.

NANETTE.

Encore du harias ! Allons voir.

NICOLAS.

Courons vîte. [*Ils sortent en riant.*]

SCENE IX.

La veuve TATILLON, *entrant brusquement.* LUCY *ensuite*, LE BARON, NICOLAS.

LA VEUVE TATILLON.

Eh bien ! a-t-on été ? Il n'y a encore personne là. Oh ! c'te maison, c'te maison, c'te maison ! [*à Lucy.*] Mamselle, si vous voulez aller rejoindre madame votre mère, elle est réveillée.

LUCY.

J'y vole ; elle a peut-être besoin de moi. (*Elle sort par la coulisse où l'escalier est censé donner.*)

NICOLAS, *au Baron qui entre.*

Demanderai-je des chevaux ? Repartez-vous tout de suite ?

LE BARON.

Je n'irai pas plus loin ; faites porter ma malle dans

dans une chambre. Madame, je suis votre serviteur; pourrois-je voir le maître de cette auberge?

La Veuve TATILLON.

C'est moi, monsieur, c'est moi, la veuve Tatillon, [*beaucoup de révérences*] pour vous servir.

Le BARON.

Eh! qu'est devenu celui qui tenoit cette auberge, il y a trois ou quatre ans?

La veuve TATILLON.

Monsieur connoît donc l'endroit?

Le BARON.

J'y suis passé plusieurs fois.

La veuve TATILLON.

En allant à Dresde, peut-être?

Le BARON.

Oui, madame, mais répondez-moi: qu'est devenu.....

La veuve TATILLON.

Le père Julien? Il est actuellement concierge du château.

Le BARON, *à part.*

Tant mieux! je l'enverrai chercher.

La veuve TATILLON.

C'est moi qui le remplace, et je me flatte que monsieur n'aura pas lieu de s'en plaindre.

Le BARON.

Je l'espère; mais j'avois quelques raisons de descendre dans cette auberge; j'avois des informations à prendre sur de certaines choses, et Julien.....

La veuve TATILLON.

On pourra vous les donner tout comme lui, et quoiqu'il n'y ait pas trois ans qu'on soit dans le pays, on sait cependant à peu-près tout ce qui s'y passe et s'y est passé depuis long-tems. Voyons de quoi il s'agit?

Le BARON.

Oh! de rien: je vous dirai cela dans un autre

moment; pour celui-ci, occupez-vous, je vous prie de me faire donner une chambre.

La veuve TATILLON.

J'y vais, monsieur; mais si vous vouliez savoir quelque chose, ne vous gênez pas, monsieur; ne vous gênez pas; je ne demande qu'à..... obliger le monde qui me fait l'honneur de loger chez moi (*Le baron impatienté de son caquet, lui fait signe de se retirer*) [*à part*]. Je ne me soucie guères de s'te pratique-là; il fera bien de ne pas revenir; il a l'air trop méprisant: à peine daigne-t-il me parler. [*Elle sort*].

Le BARON, *seul regardant à la fenêtre et montrant de la main le château.*

Je te revois donc, céleste séjour, je te revois donc enfin!.... le remords, le devoir m'avoient arraché de ton sein, j'y reviens.... plus calme.... [*Il revient sur la scène*]. Mais.... non pas tout-à-fait tranquille.... [*plus ferme*]. Je ne sais pourquoi, puisque mes recherches, depuis trois années, n'ont servi qu'à me confirmer la perte de Cécile.... ah! si tu erres autour de moi, chère ombre de ma première épouse, pardonne-moi, éloigne-toi... tu n'es plus, tu n'es plus... laisse-moi donc oublier tes malheurs, ta perte, ma douleur, mes inquiétudes sans cesse renaissantes sur ta destinée.... [*il retourne vers la fenêtre*]. Et toi, Zélia, sois désormais!.... Zélia.... que fais-tu dans ce moment? tu ne sais pas que je m'approche pour tout oublier dans tes bras? Je me figure même entendre couler ce ruisseau paisible qui serpente aux pieds des bosquets où souvent.... son murmure étoit une douce mélodie.... douce mélodie que je crois entendre encore et qui me rappèle le passé.

Le baron retourne pendant ce tems à la fenêtre, et peut même chanter le commencement, en mettant un pied sur la chaise. Il finira l'air en restant comme suspendu en ravissement lorsque Julien entrera.

AIR.

J'apperçois ces épais ombrages ;
Je vois les témoins de nos feux !
Oui, je vois ces discrets bocages
Où deux époux étoient heureux.
Ce ne sont point là des mensonges
Tels que mille fois aux amans
La main bienfaisante des songes
En offre lorsqu'ils sont absens.
Oui, je vois ces rives discrettes
Où deux époux étoient heureux.

SCENE X.

JULIEN, le BARON.

JULIEN, *entrant par un côté opposé.*

Eh! où sont donc ces deux femmes que mam'la baronne m'envoie chercher. [*Il voit le baron qui détourne*]. Ah! Pardon, monsieur.... mais quoi! ciel! mon maître!, monsieur le baron de Fontorbe!.... vous êtes de retour!

Il se jette à ses pieds, et lui baise son habit.

Le BARON.

Oui : je suis de retour, lève-toi, et paix; Je ne veux pas encore être connu ici. Comment se porte Zélia?

JULIEN.

Bien, passablement bien, quoique toujours inconsolable de votre perte. Mais est-ce qu'elle ne sauroit pas? ..... Elle ne m'a rien dit! ..... Souffrez, mon cher maître, que je coure lui porter cette bonne nouvelle.

Le BARON, *l'arrêtant.*

Non, non. Je t'ordonne précisément le contraire; j'aurai quelque plaisir à faire la commission moi-même.

JULIEN.

C'est naturel; mais pourquoi n'avoir pas descendu au château?

Le BARON.

Parce que je connois trop le cœur de Zélia, pour l'exposer à une émotion trop soudaine, parce qu'en venant dans cette auberge, je comptois t'y trouver et concerter avec toi les moyens de ne point la surprendre trop brusquement.

JULIEN.

Oh! la joie ne fait jamais de mal.

Le BARON.

Permets-moi de n'être pas de ton avis; mais pourquoi as-tu quitté cette maison? Il me semble que tu y faisois assez bien tes affaires.

JULIEN.

Est-ce que ce n'est pas madame qui m'a proposé d'être le concierge du château, disant qu'elle avoit besoin de quelqu'un de confiance, puisque vous étiez parti? Dans le vrai, c'étoit pour parler plus souvent de vous à des gens qu'elle savoit vous être attachés. Aussi nous n'en avons fait faute.

Le BARON.

Je t'en remercie, mon ami, je t'en remercie; mais qui t'amène ici? M'auroit-on vu descendre de voiture?

JULIEN.

Eh! mon dieu non: dont bien me fâche; car il n'y auroit pas encore eu de défense, et j'aurois déjà eu le plaisir de l'avoir dit à tout le monde.

Le BARON.

Que venois-tu donc faire dans cette auberge?

JULIEN.

Chercher une dame et sa fille que madame alloit prendre pour sa compagnie, ennuyée qu'elle est d'avoir perdu la vôtre depuis si long-tems, ce qui n'étoit pas trop bien de votre part, soit dit sans vous offenser. Amener de l'autre monde une jeune et jolie femme; et, après l'avoir privée de ses parens, de ses amis, la laisser là un beau matin, sans lui dire adieu! mais enfin, vous voilà revenu, et j'espère bien que vous ne nous quitterez plus. S'te légèreté s'use avec les années.

Le BARON.

Cette légèreté ! quoi ! tu pensois que par inconstance j'avois quitté !.... ah ! cela me fait peine !..... écoute, ne juge point ton maître ; garde-toi sur-tout de l'accuser. Si tu savois !.... mais pourquoi te le cacher : cela n'est plus nécessaire, et je suis jaloux de ton estime ; car celle de tous les honnêtes gens m'est précieuse.

JULIEN *lui baise la main.*

Mon maître ! mon bon maître.

Le BARON.

Apprends donc que le devoir le plus rigoureux me força de quitter tout-à-coup Zélia. Je t'ai pris à mon service en Amérique, et tu n'as jamais su, Zélia même l'a ignoré, qu'avant d'y passer j'avois été marié en Europe, que ma femme et ma fille périrent dans le pillage d'une petite ville d'Allemagne, où elles faisoient leur résidence, tandis que j'étois à mon régiment : que le chagrin que j'en ressentis me fit quitter des lieux dont l'aspect me rappelloit trop vivement une affreuse catastrophe, et me détermina à chercher du service dans des climats éloignés.

JULIEN.

Je ne vois pas comment cela pouvoit vous obliger à quitter tout-à-coup.

Le BARON.

Tu sais que j'épousai Zélia à Philadelphie, malgré sa famille ; que nous repassâmes aussi-tôt en Europe, et qu'en venant vous établir ici, elle exigea pour éviter toutes poursuites que je changeasse mon nom de Baron de Montclam en celui de Fontorbe que j'ai toujours porté depuis.

JULIEN.

Je me souviens de tout cela, comme si c'étoit hier; car madame et moi, nous en avons parlé tous les jours depuis votre départ; mais je vous le répète encore, comment cela a-t-il fini? Par vous forcer à l'abandonner.

Le BARON.

Mon ami, après cinq ans d'une union que le tems me rendoit chaque jour plus chère, je reçois une lettre où l'on m'apprend qu'une femme se fait appeller Montclam et paroissoit dans la misère... Je n'avois qu'un parti à prendre... Je courus sur ses traces.

JULIEN, *tristement.*

Eh bien! l'avez-vous retrouvée?

Le BARON.

J'ai consumé trois ans à sa poursuite; enfin, j'ai su que c'étoit une chimère qu'une conformité de noms avoit pu créer dans la tête exaltée de quelqu'indiscret ami.

JULIEN.

Ah! je respire! je mourois de peur pour notre chère maîtressse, que vous n'eussiez retrouvé cette première femme que je n'ai jamais connue, et qui seroit ressuscitée là bien mal à propos.

Le BARON.

Tais-tois. J'entends quelqu'un; ne dis pas qui je suis.

SCENE XI.

LUCY, NANETTE, LE BARON, JULIEN.

NANETTE *à Lucy, lui montrant Julien.*

Tenez, voilà l'homme qui doit vous conduire au château. (*Elle sort.*)

LUCY.

C'est vous, monsieur, qui venez de la part de madame la Baronne?

JULIEN.

Oui, mademoiselle, elle vous attend avec bien de l'impatience ; elle m'a recommandé cependant de prendre garde de gêner votre maman, qui est un petit brin malade. Ainsi, je suis là pour faire tout ce que vous voudrez.

LUCY.

Voulez-vous venir avec moi ? Vous lui parlerez ; elle vous dira si elle est en état de se rendre de suite au château.

JULIEN.

Avec plaisir, mademoiselle.... (*Au Baron, bas.*) Il me semble qu'elle est assez agréable, s'te jeunesse là ; qu'en pensez-vous, Mr. le Baron ?

Le BARON.

Je la regarde avec un intérêt singulier .... Mademoiselle.... en grace, restez encore un moment.

LUCY *lui fait une révérence profonde.*

Monsieur, n'ayant pas l'honneur d'être connue de vous .....

Le BARON.

Il est vrai .... aussi.... Je voudrois bien.... Mademoiselle, n'ayez aucune crainte. Je suis....

JULIEN.

Je vais parler à votre maman ; n'ayez pas peur de monsieur l'officier ; il faut bien que vous vous accoutumiez à vous (*le Baron lui fait des signes*) trouver seule avec lui.... ou avec d'autres. (*bas au Baron*) Ça ne dit rien ; vous voyez que je me suis bien repris.

Le BARON.

Bien ; mais va-t'en.

(*Julien monte en haut.*)

LUCY, *au Baron qui l'arrête lorsqu'elle veut suivre Julien.*

Monsieur, permettez ....

Le BARON.

Mademoiselle, deux mots seulement ; c'est par

l'intérêt, le vif intérêt que votre personne m'inspire.

LUCY, *à part.*

J'ai peut-être tort de rester ; mais je le croit bien honnête.

Le BARON.

Répondez-moi.... j'ai appris.... cet homme m'a dit.... Vous avez donc résolu de passer vos jours au service.

LUCY.

Il le faut bien.

Le BARON.

Il me semble qu'il ne vous seroit pas difficile de trouver quelqu'autre état qui vous conviendroit davantage.

LUCY.

Ah ! monsieur, que puis-je désirer de plus que de passer ma vie avec ma mère, qui va entrer chez madame la baronne.

Le BARON.

Et vous n'avez plus de père ?

LUCY.

J'étois bien jeune quand je le perdis.

Le BARON.

Et vous êtes sans secours, sans protection ?

LUCY.

Nous n'en avons pas besoin ; notre fortune, il est vrai, a diminué de jour en jour ; mais je suis devenu plus grande, et je ne désespère pas de fournir bientôt par mon travail aux besoins de ma mère, qui sont la seule chose dont je m'inquiette pour l'avenir.

Le BARON.

Vous m'étonnez par votre courage.

LUCY.

Le malheur qui le rend nécessaire sait le donner ...

(bas

(*bas en s'éloignant*) Mais qu'est-ce que j'ai donc ! Je sens.... un trouble !...

SCENE XII.

JULIEN, le BARON, LUCY et NANETTE.

JULIEN, *revenant.*

Cette dame dit qu'elle se trouve mieux.

Le BARON, *bas.*

Eh bien ! emmène-les tous de suite, et reviens me rejoindre ici, je vais écrire à Zélia ; une lettre la préparera plus adroitement que toi à la nouvelle de mon retour ; ne lui en dis encore rien ; j'en veux la parole.

JULIEN.

Je vous la donne, quoiqu'elle me coûte. (*à part*). Ce secret-là m'étouffera.

NANETTE, *arrivant.*

Monsieur est servi dans son appartement.

(*Lucy veut aller trouver sa mère.*)

Le BARON.

J'y vais... (*à Lucy lui prenant la main comme voulant la retenir*) Vous allez donc chez madame de Fontorbe ?

LUCY.

Oui, monsieur, puisque maman est prête, nous allons nous y rendre.

QUATUOR.

Le BARON *avec amitié.*

Eh bien ! chère enfant,
Vous me reverrez peut-être.
Allez, chère enfant,
Qu'il m'en coûte en ce moment
Pour empêcher de paroître
Le trouble que mon cœur sent.

LUCY.

Monsieur, si la destinée
Nous fait rencontrer encor,
Je me croirai fortunée,
J'en remercierai le sort.

NANETTE, *malignement.*

Qu'est-ce donc qu'il se propose
En lui parlant tendrement.

JULIEN.

J'entends Nanette qui glose
Sur c'tadieu fait tendrement.

NANETTE.

St'officier brusque la chose,
Me semble, bien promptement.

JULIEN.

Ce n'est pas ce que suppose
Son esprit malignement.
Moi j'ai le nœud de la chose,
Mais j'n'en dirai rien pourtant.

Le BARON *à part.*

Vers elle sans résistance
Mon cœur se sent entraîner.

LUCY.

Près de lui, sans défiance,
J'ai peine à m'en éloigner.

Le BARON *haut.*

Sa figure, sa jeunesse,
Tout en elle m'intéresse.

JULIEN, NANETTE.

Sa figure, sa jeunesse,
Tout en elle m'intéresse.

Le BARON.

Et jusqu'au son de sa voix,
Tout en elle l'intéresse.

JULIEN, NANETTE.

Oh! je le crois, oh! je le crois.

Le BARON.

Adieu, recevez ma promesse
De vous revoir une autre fois.

LUCY.

Très sensible à cette promesse,
Je la reçois, je la reçois.

NANETTE.

C'est pis que d'la politesse.

JULIEN.

C'est mieux que d'la politesse.

{ Tenez votre promesse,
{ Comptez sur ma promesse.

NANETTE et JULIEN.

Ils ont bien l'air, et je le crois,
De se revoir une autre fois.

Fin du premier Acte.

ACTE II.

Le Théâtre représente une galerie du château de Zélia, faisant sallon ; elle a trois ouvertures par lesquelles on découvre la perspective des jardins, et dans le lointain, un endroit planté de peupliers et de cyprès.

SCENE PREMIERE.

ZELIA, JULIEN.

ZELIA, *d'abord seule, elle est assise et brode.*

Elles ne viennent pas !... Mais, d'où naît mon impatience ? Des sentimens inexpliquables !.... Tantôt il me semble que j'attache mon bonheur à la vue de ces deux femmes ; tantôt en pensant à elles, je sens une espèce de saisissement et même d'effroi.... Je voudrois que cette journée fût passée. (*Julien par l'antichambre supposée à gauche.*) Eh bien ! les avez-vous amenées ?

JULIEN, *montrant l'antichambre.*

Oui, madame, elles sont là.

ZELIA.

Ah ! j'en suis bien-aise.

DUO.

JULIEN.

Vous allez voir ces demoiselles
Que vous desiriez ardemment ;
Mais je crains que bientôt pour elles
Vous n'ayez moins d'empressement.

ZELIA.

Eh comment ! eh comment !

JULIEN.

Il arrive par fois des choses !
(à part).
Si j'lui disois que son époux
Que le retour de son époux
Va d'un sentiment bien plus doux...
Mais, chut ; tenons les lèvres closes.
Vous allez voir, etc.

ZELIA.

Mais, que dites-vous donc, Julien ?
Ce n'est pas bien

JULIEN *bas*.

Mais, chut, ma s paix, monsieur Julien.
V'lavez juré, ne dites rien.

ZELIA.

Que vous ont fait ces demoiselles ?

JULIEN.

A moi ? rien, je vous jure, rien.

ZELIA.

Vouloir me prévenir contr'elles,
Ce n'est pas bien.

JULIEN *à part*.

Mais, chut, monsieur Julien,
V'lavez juré, ne dites rien.

ENSEMBLE.

Que vous ont fait ces demoiselles ?
Vous allez voir ces demoiselles.

ZELIA.

Pourquoi donc dire que pour elles
Je perdrai mon empressement ?
Expliquez-vous. Pourquoi ? comment ?

JULIEN.

Oh ! c'est qu'il arrive des choses !

ZELIA.

Mais quelles choses ?

JULIEN.

Sans y penser il vient des causes.

ZELIA.

Mais quelles causes ?
Eh bien ! vous ne dites plus rien.
Julien, non cela n'est pas bien.

JULIEN.

Je ne puis vous dire, madame,
En vérité, en vérité,
Ce que je pense au fond de l'ame.
Mais croyez bien
Que j'n'ai point de mauvais dessein.

ZELIA.

Je vous croyois au fond de l'ame
Plus de bonté, de charité
Pour le prochain.

ZELIA, *avec un peu d'humeur.*

Allons, faites-les entrer.

(*Julien va en riant ouvrir la porte à gauche.*)

Je ne sais ce que cet homme a dans la tête.....
Ah !.... jalousie de domestique ! voilà ce que c'est.

(*Les femmes paroissent.*)

JULIEN *dit à part en se retirant.*

Courons rejoindre monsieur le Baron.

SCENE II.

CECILE, LUCY, ZELIA.

(*Cécile et Lucy se tiennent à quelque distance après avoir fait une révérence très-basse. Cécile n'ose lever les yeux.*)

ZELIA.

Approchez, madame, asseyez-vous. J'ai appris que vous étiez indisposée. Je craindrois....

CECILE.

Madame, cela ne sera rien, et mon devoir n'en souffrira pas.

ZELIA.

Votre devoir... Laissez ce mot. Je ne l'emploierai jamais vis-à-vis de vous... (*à part*) Cette femme m'en impose... La présence d'une personne malheureuse m'a fait toujours cet effet-là !... (*haut*) Et toi, Lucy, tu me parois plus sérieuse que ce matin.

LUCY.

Madame.

CECILE.

Ma fille tâchera de se rendre agréable à madame, le plus qu'il lui sera possible ; c'est sur-tout ce que je lui ai recommandé.

ZELIA.

Elle me plaît déjà infiniment.

CECILE.

Pour moi je crains bien que l'habitude de la tristesse ne me rende peu propre à vivre auprès d'une jeune dame : mais je ferai tous mes efforts pour me vaincre, et mes larmes ...(*Elle pleure malgré elle*) (*Zélia la fixe.*) Ce seront les dernières. (*Elle s'essuie les yeux, mais les pleurs la gagnent toujours.*)

LUCY *se met aux genoux de sa mère qu'elle veut empêcher de pleurer.*

Maman !

ZELIA *regarde ce tableau avec attendrissement.*

(Elle se lève.)

AIR.

Ah ! pourquoi retenir vos pleurs ?
Laissez-leur un libre passage.
La plainte calme les douleurs
Et de ce remède aux malheurs
J'ai fait souvent moi-même usage.
Ah ! ne retenez pas vos pleurs ;
Laissez leur un libre passage ;
Mêmes chagrins sont dans nos cœurs.
Les soupirs, les regrets, les pleurs ;
C'est là me parler mon langage.

CECILE *se lève faisant un effort sur elle-même.*

Pardon, madame ; je n'aurois pas dû, en votre présence.

ZELIA.

Eh ! pourquoi ! me feriez-vous l'injustice de croire que vos larmes puissent m'offenser ! ah ! qui plus que moi doit s'y montrer sensible ! Sachez qu'il n'est point de jour depuis trois années que je n'en aie versé moi-même. Ces murs, ces appartemens, tout a retenti des accens de ma douleur, et sans doute vous n'en ignorez pas le sujet ; on vous aura dit,

CECILE.

Que depuis quelque tems votre époux s'étoit éloigné.

ZELIA.

Oui, depuis trois années ; mais vous n'avez pas su.... Ah ! si vous connoissiez toutes les circonstances de ce départ affreux ! voilà, voilà l'endroit où je le vis pour la dernière fois ! c'est ici que me serrant dans ses bras, il jetta un soupir qui sembla déchirer son ame : il me montra une lettre ; et, sans vouloir me la laisser lire, il s'enfuit.... hélas ! pour ne revenir peut-être jamais.

LUCY.

Jamais ! ah ! ne le croyez pas.

ZELIA.

Je l'attendis vainement le lendemain et le lendemain encore ! tous les jours nouvelle espérance, tous les jours nouveau désespoir ! rien n'affoiblit en moi le souvenir de ce départ ; il me semble présent : c'étoit hier, aujourd'hui, tout à l'heure.

CECILE.

Je le comprends.

ZELIA.

Cette image me suit en tous lieux.

CECILE.

Je le crois sans peine.

ZELIA.

Quelquefois, lorsque mon ame attendrie se plaît à se retracer les souvenirs agréables du passé, que j'ai le pressentiment d'un avenir semblable, et qu'à la pâle lueur de la lune, j'erre çà et là dans le jardin, tout-à-coup je me trouve saisie d'être seule, je l'appelle, je répète son nom, je crois le voir, j'étends mes bras!.... et je suis seule!... seule.... dans le silence de ces bois sombrement éclairés ; pas une voix qui me réponde, et les astres de la nuit jettent sur les objets une froide et triste lumière, et je vois à mes pieds le tombeau de ma fille.

CECILE.

On m'a dit en effet que vous aviez eu un enfant.

ZELIA.

Oui, et je l'ai perdu, et ce souvenir ajoute à la douleur des autres ; je le porte aussi par-tout. Lorsqu'à la promenade un enfant du village accourt au-devant de moi, et que de sa petite main il me jette un baiser, *cela me fait* une impression qui passe jusqu'à l'ame. Remplie de tristesse et d'ennui (car je suis réduite à envier toutes les mères), je caresse cette innocente créature; je la soulève au haut de mes bras, je vais pour l'embrasser ; mais le plus souvent je la pose doucement à terre ; mon cœur est déchiré et je pleure. Je suis.... je suis désespérée.

CECILE.

Les cœurs sensibles sont bien à plaindre.

ZELIA.

Je ne conçois pas que je puisse encore être capable de sentir ! Comment ai-je pu soutenir des coups si cruels, ma fille étendue à mes pieds ! et je reste là sans mouvement, sans connoissance, sans douleur ! je reste là ... La garde prit l'enfant, le pressa contre son sein, et s'écria, il vit encore ! Je me jette éperdue sur elle, sur l'enfant ! ... Elle s'étoit trompée ; il étoit mort ! Pourquoi ne l'ai-je pas suivi ?

LUCY.

Madame, écartez loin de vous ces tristes images.

ZELIA.

Non, je me trouve si bien, si à mon aise de ce que mon cœur peut s'étendre, de ce que je puis verser dans votre ame tout ce qui oppressoit la mienne ! Ah ! c'est sur-tout quand je commence à parler de celui qui étoit tout pour moi... Mes amis, il faut que vous voyiez son portrait ! Oui, le portrait de monsieur de Fontorbe ; toujours il me semble qu'il faut avoir vu la figure d'un homme pour deviner tout ce qu'il inspire.

LUCY.

Je suis curieuse de le voir !

ZELIA *les mène vers le fond du théâtre où est le portrait.*

Par ici, mes chers amis ; regardez.

CECILE *reculant et venant s'appuyer sur le dos d'un fauteuil.*

Dieu !

ZELIA, *sans s'en appercevoir.*

C'est lui ... c'est lui-même, et cependant combien il s'en faut encore que ce soit lui ! Le peintre n'a pu exprimer cette ivresse, cet accord des ames ! O mon cœur, c'est toi seul qui les sent.

LUCY, *qui a beaucoup regardé le portrait.*

Madame ! ... Oui, plus je le regarde ! Madame, j'ai laissé à l'auberge un officier qui lui ressemble ... Oh ! c'est lui-même, j'en jurerois.

ZELIA, *avec transport.*

Aujourd'hui ! (*tristement.*) Tu te trompes.

CECILE, *à part, pendant ce tems.*

Qu'entends-je ?

LUCY.

LUCY.

Oui, aujourd'hui ; c'est lui ! c'est lui !

ZELIA *ouvre les bras pour l'embrasser.*

O mon ange ! tu étois faite pour me donner une bonne nouvelle. Julien. (*Elle sonne à coups redoublés ; des domestiques viennent.*) Quelqu'un ! Tout le monde ? Allez... Votre maître... Mon époux à l'auberge. Non, suivez-moi ; je ne veux m'en rapporter à personne ; j'y vole moi-même.

SCENE III.

CECILE, LUCY.

LUCY.

Maman, qu'avez-vous donc encore ? comme vous avez pâli tout d'un coup.

CECILE.

C'est le dernier jour de ma vie. Je me sens mourir ! Mon cœur est si oppressé ; il ne peut plus le supporter ! Tout, tout à la fois.

LUCY.

Vous me faites frémir ! Qu'avez-vous ? qu'avez-vous, maman ?

CECILE, *se traînant vers le portrait.*

Eh bien ! apprends.... ce portrait.... celui qu'on attend.... cet amant chéri... c'est mon époux, c'est ton père.

LUCY.

Mon père, cet officier !.... Ah ! mon cœur m'en avertissoit tantôt.

CECILE, *réfléchissant bas.*

Et il est ici ! dans un moment il sera dans ses bras ! et je les verrai se prodiguer les plus doux noms, et je serai témoin de leur tendresse mutuelle.... non non, je pars.... je pars et sans la voir.

LUCY, *avec châleur.*

Maman, je vous suivrai par-tout.

CECILE.

Oui, je m'éloignerai. Je fuirai un spectacle trop

cruel pour moi... oui, je fuirai pendant qu'enivrée de son bonheur et de la joie que doit lui inspirer son retour. . . . .

LUCY.

Partons, maman, partons.

CECILE.

Mais s'il faut qu'au moment où je le retrouve, je le perde à jamais, il n'en est pas de même de toi, ma Lucy. Je sais ce que m'impose le nom de mère. Je ne m'éloignerai point sans l'avoir vu. Je te présenterai à lui : il te reconnoîtra ; il t'aimera ; ma rivale même ne te haïra pas, et moi j'irai consumer le reste de mes jours dans une retraite ignorée. Heureuse encore en mourant d'avoir la consolation d'être tranquille sur ton sort.

LUCY.

Rien ne me séparera de vous, quelques soient vos projets. Je ne vous quitterai point : non, je ne vous quitterai jamais.

SCENE IV.

LE BARON, ZELIA, CECILE, LUCY.

ZELIA, *tenant le Baron par la main, et entrant la premiere.*

Le voilà, le voyez-vous ? le voilà.

CECILE *à Lucy, en l'entrainant vers la droite.*

C'est lui ! c'est lui ! Ce n'est pas là le moment de lui parler. Sortons. (*Elles se retirent.*)

ZELIA *aux domestiques qui s'attroupent.*

Le voyez-vous tous ? le voilà. Combien de fois ai-je pleuré, gémi devant vous, vous le redemandant sans cesse ? Et vous craignez . . . .

LE BARON *aux domestiques, qui lui font de grandes révérences.*

Mes amis, mes amis . . . . Je suis sensible ; mais laissez-nous. (*Il leur fait signe de se retirer ; ils s'en vont.*)

ZELIA, *l'embrassant.*

Oui, oui, laissez-nous... Le voilà donc enfin revenu.

Le BARON.

Oui, oui, ma chère! ma bien-aimée!

ZELIA.

Ton absence a été bien longue! Mais puisqu'enfin te voilà, je ne veux rien entendre, rien savoir, sinon que tu es là.

Le BARON.

Et moi, je ne veux plus songer à rien qu'au bonheur d'être réunis.

ZELIA.

Tu m'es rendu! il me suffit! Je ne me connois plus; ce que je dis, ce que je fais; je n'en sais rien! Eh! que m'importe?

DUO.

ZELIA.

Eh quoi! c'est toi.

Le BARON.

Eh! oui, c'est moi.

ZELIA.

C'est encor toi.

Le BARON.

C'est encor moi.

ZELIA.

C'est toujours toi.

Le BARON.

C'est toujours moi.

ZELIA.

Toujours ce sera toi.

Le BARON.

Toujours ce sera moi.

ENSEMBLE.

Pendant l'absence,
Il / Elle } étoit là.
Il / Elle } y sera demain encor.

Toujours tu seras là ;
Tu seras l'objet que j'adore.
L'heureux instant qui nous rassemble
Devient la fête des amours
Ensemble et pour toujours,
Pour toujours, pour toujours.

SCENE V.

JULIEN, ZELIA, le BARON.

JULIEN, *un peu mystérieusement.*

Madame !

ZELIA, *avec indifférence.*

Eh ! que me veux-tu ? tu as un air triste qui ne convient plus ici à personne.

JULIEN *haut.*

Eh ! mais aussi, madame, les deux étrangères qui veulent partir.

ZELIA.

Partir ! je ne le crois pas.

JULIEN.

C'est comme je vous le dis ; elles m'ont prié d'aller prendre secretement leurs paquets, et de dire à madame qu'elles feroient sans cesse des vœux au ciel pour son bonheur ; mais qu'il leur étoit impossible de rester.

LE BARON, *à Julien.*

Est-ce cette dame que tu es venu chercher avec sa fille ?

ZELIA.

Oui, mon ami, est-il possible que dans un moment comme celui-là, elles me causent tout cet embarras ?

Le BARON.

Quel sujet peuvent-elles avoir ?

ZELIA.

Je l'ignore ; je ne veux même pas le demander. Il y a des gens à qui la joie des autres fait peine. . . . Je ne l'aurois pas cru de cette femme là. Je ne les verrai pas partir avec plaisir, sur-tout sa fille ; mais enfin elles sont libres. Si je ne t'avois pas, je crois que cela m'affligeroit beaucoup plus. Julien, tu avois raison tantôt.

JULIEN.

Cette dame dit aussi qu'avant de partir, elle demande la permission de dire un mot à M. le baron.

Le BARON.

A moi ?

JULIEN. (*Il fait un signe d'argent*).

Je crois que c'est pour.... car elle ne me paroît pas bien fortunée.

ZELIA *au Baron en lui donnant une bourse.*

Ah ! mon ami, donne-leur ; tiens, donne-leur beaucoup, et encore cette petite bague pour la jeune fille. Je vais me promener dans le jardin ; tu viendras m'y joindre.

Le BARON *à Julien.*

Va avertir cette dame que je suis seul.... Je ne verrai point s'éloigner sa fille sans regret ; cet enfant m'a vivement intéressé.

SCENE VI.

CECILE, LE BARON, LUCY.

(*Lucy vient plus tard et reste à écouter.*)

Le BARON.

Madame, avant de savoir ce que vous souhaitez de moi, je dois vous demander si c'est mon arrivée au château qui dérange le projet que vous aviez formé d'y demeurer ?

CECILE *un peu de côté, son mouchoir sur les yeux.*

La présence des infortunés est à charge aux personnes heureuses.

Le BARON.

Ah ! vous nous jugez bien mal.

CECILE.

Monsieur, je voudrois... (*soupirant*) m'éloigner... Ne me retenez pas ; il faut que je parte. Croyez que j'ai de puissantes raisons ! Je vous en conjure, ne me retenez pas.

Le BARON.

Quel son de voix me rappelle en ce moment !... (*vivement et troublé*) Madame, je vous prie de me confier.

CECILE.

Il faudroit vous raconter mes malheurs ; et comment écouteriez-vous mes gémissemens et mes plaintes dans ce jour, où tout entier à une autre femme.

LE BARON, *avec exclamation.*

A une autre femme !... Ciel, c'est elle ! c'est Cécile, et c'est donc là ma Lucy ? (*Lucy tombe à ses pieds, Cécile est dans ses bras.*)

LUCY ET CECILE.

Mon père !... Mon époux !...

(*Il les embrasse toutes deux.*)

CECILE.

Souffre-moi pendant ce seul moment, et abandonnes-moi pour jamais.

Le BARON.

Que dis-tu ?... Que dis-tu... Ma femme !... Ma fille ? (*Il les embrasse encore.*)

CECILE.

Montclam, mon cher Montclam, je ne te demande rien que ce seul moment. Tu as reconnu ta fille, c'est tout ce que je voulois. Ton cœur m'assure du reste. Maintenant, je puis partir.

Le BARON.

Je ne le souffrirai point : ce ne sera point pour te perdre encore que je t'aurai retrouvée.

CECILE, *lui serrant la main.*

Retrouvée !.... tu ne me cherchois pas.

Le BARON.

Et c'est dans ce de dessein que j'ai voyagé depuis trois ans entiers. Vous n'êtes jamais sortie de mon souvenir, toi ma Cécile, ta fille, ma Lucy ; cette créature si aimable, si douce qui m'avoit déjà bien intéressé sans la connoître, c'est ma fille ! ah que de joie !

LUCY.

Vous êtes le meilleur et le plus cher de tous les pères, puisque vous redevenez encore le mien.

Le BARON.

Oui, et pour jamais; mais comment, par quel moyen inconcevable faut-il que ce soit ici que nous nous trouvions réunis.

CECILE.

Le hazard a tout fait : les suites du cruel évènement qui nous ravit l'un à l'autre me firent errer assez long-tems sous *un ciel étranger*, sans pouvoir te donner de mes nouvelles, ni apprendre des tiennes. Enfin, lorsque j'allois reparoître dans ma patrie, je sus que tu l'avois quittée. Des avis qui furent toujours faux me firent chercher envain, jusqu'à ce moment que me trouvant dans une ville voisine de ces lieux, la misère alloit nous placer chez Zélia.

Le BARON, *avec déchirement.*

Ma femme, ma fille, femmes de chambre chez... O ciel ! ciel ! écoute, chère Cécile, épargnons au moins à cette infortunée la connoissance d'un évènement qui n'étant point préparé, lui causeroit la mort.... elle pourroit nous surprendre.... Il faut nous concerter ici.... nous partions.

CECILE.

Oui, nous.... mais, toi.... le pourras-tu ?

Le BARON.

Lucy, cours à la poste; demande une voiture pour trois; tu reviendras aussi-tôt rejoindre ta mère dans ce sallon. (*montrant une coulisse à gauche*). Je vais aller trouver Zélia au jardin et lui dire... que je veux vous accompagner jusqu'à la poste pour vous recommander.... que je paierai vos chevaux secrètement. Ah ! Zélia, c'est par ton cœur, par ta bienfaisance que je te tromperai.... Va, ma Lucy, je ne puis me confier qu'à toi, ne perds point de tems.

LUCY. (*Elle sort en courant.*)

Oh ! la joie va me donner des ailes.

Le BARON.

Pour toi, chère Cécile, tu ne me quitteras plus.

CECILE.

Montclam, quel sacrifice vous me faites! Mon cœur pourra-t-il suffire à toute sa reconnoissance?

Le BARON.

Je tremble que quelqu'un ne nous surprenne... Cécile, ma chère Cécile! entre ici et sèche tes pleurs. (*Il la conduit à l'appartement de la droite.*) (*seul*) Allons trouver Zélia, et tâchons sous quelque prétexte de l'empêcher de revenir au château jusqu'à ce que nous en soyons partis!... Partis!... Je vais donc la quitter encore! Je l'aimois... Je l'adorois... Mais la voix de mon devoir ne peut être étouffée par rien... Ah! Zélia! Zélia!... Comment me présenter devant elle... Ciel! la voilà! (*Il l'apperçoit qui vient par le jardin.*) Donnes-moi la force... Ah quel terrible instant!

SCENE VII.

ZELIA, LE BARON.

ZELIA.

Quoi, tu n'es pas venu me rejoindre! Qu'as-tu fait? Qui t'a retenu? Je suis seule depuis long-tems, depuis bien long-tems! (*le fixant*) Qu'as-tu? Tu parois triste. Seroient-ce ces femmes?... Je leur en veux de m'avoir enlevé la joie de mon bien-aimé.

Le BARON.

Oui... ces femmes ont jetté ce trouble dans mon ame!... La mère a été bien malheureuse!... Elles ne veulent absolument pas rester; ne les retiens pas, Zélia.

ZELIA.

Non, certainement; je te l'ai déjà dit: ah! Fontorbe, quand je les ai desirées, j'avois besoin de société; mais à présent... je te possède... (*Elle jette un bras à son col.*)

Le BARON, *voulant ôter son bras tout doucement.*

Calme toi.

ZELIA.

ZELIA.

Laisse-moi comme cela.... Je suis bien.... tout ce qui m'environne est doux et radieux. Ah ! si tu étois venu au jardin ; toute la nature sembloit me sourire, et me féliciter sur ton retour.

Le BARON, *à part.*

Moi, malheureux, l'abandonner !... laisse... laisse, Zélia.

ZELIA.

C'est encore ta voix douce, aimante Zélia.... tu sais combien j'aimois à t'entendre répéter mon nom. . . . Zélia !.... mais c'est que personne ne l'a jamais prononcé comme toi. . . toute l'ame de l'amour est alors dans le son de ta voix.

Le BARON *à part.*

Elle me brise le cœur.

ZELIA.

Comme il a toujours été présent à ma mémoire ce jour où je te l'entendis prononcer pour la première fois, ce jour où commença tout mon bonheur.

Le BARON, *avec un cri échappé malgré lui.*

Son bonheur ! ah !

SCENE VIII.

La veuve TATILLON, Le BARON, ZELIA.

LA veuve TATILLON. (*A la coulisse, repoussant Julien.*) (*Elle entre de force, malgré Julien.*)

Eh ! laissez-nous, vous dis-je ; je veux lui parler absolument ! . . . Madame la Baronne.

Le BARON, *inquiet.*

Quoi donc ? Quoi donc ?

La veuve TATILLON, *passant devant lui.*

Ce n'est pas vous, monsieur ; ce n'est ni beau ni honnête ! . . . Madame la Baronne, tout le monde vous aime ici, et je ne souffrirons point qu'il vous arrive encore un malheur, quand je pouvons l'empêcher en vous avertissant.

ZELIA, *vivement.*

Que voulez-vous dire ?

La veuve TATILLON.

Que votre mari vous quitte encore une fois.

Le BARON, *à part.*

O ciel !

ZELIA, *avec dépit.*

Vous êtes folle, madame.

La veuve TATILLON.

Oh ! que nenni ; je vous prévenons que c'te petite fille que vous avez prise au château lui a donné dans l'œil : qu'il en est amoureux, et qu'il part cette nuit avec elle.

ZELIA, *troublée.*

Fontorbe !

Le BARON, *troublé.*

Amoureux ... c'est ... une enfant.

La veuve TATILLON.

Oh oui ! ... une enfant ? ... Il falloit voir les tendres adieux qu'il lui faisoit ce matin ! Nanette m'a conté tout ça, et je gagerois que ce n'est pas d'aujourd'hui qu'ils se connoissent ; tant y a qu'il part avec elle ; que la petite est chez nous, qui a demandé une voiture pour trois, disant tout net qu'il s'en alloit avec elle et sa mère.

ZELIA, *souriant avec peine.*

Oh ! il y aura là quelque méprise, n'est-il pas vrai ?

Le BARON *furieux.*

Laissez-nous, madame, laissez-nous.

La Veuve TATILLON.

Oh ! ça m'est égal à présent ; v'là ma conscience tranquille. (*Elle sort*).

ZELIA.

Mon ami, délivre-moi de cette affreuse inquiétude. Je n'ai rien à craindre du cœur de Fontorbe ; et cependant le babil de cette femme m'a troublée.... Tu l'es toi-même !... Fontorbe... je suis ta Zélia, n'est-ce pas ?

Le Baron *se retourne et lui prend la main.*

Tu es.... (*il ne peut achever*).

ZELIA.

Tu m'effraies! ton œil égaré !.... tu ne fuis pas ?

Le Baron *à ses pieds.*

Fuir ! ah ! toute ma force m'abandonne ; je n'ai pas le courage de te plonger un poignard dans le sein, et je veux secrètement te frapper, t'assassiner, Zélia.

ZELIA.

Grand dieu !

Le Baron *se relevant tout tremblant de rage.*

Et pour ne pas voir son infortune, pour ne pas entendre le cri de son désespoir, je voulois secrètement... Il faut que rien, rien ne me soit épargné.

Zelia *d'un voix éteinte.*

Je me meurs ! (*Elle chancèle ; il la soutient sur un bras ; elle la serre avec frémissement.*)

Le Baron.

Toi que je tiens dans mes bras ! toi qui étois tout pour moi ! toi pour qui je suis tout encore, Zélia !.... (*froidement*) Je t'abandonne.

Zelia, *avec force.*

Moi !.... (*elle sourit*). Moi !.... (*Son oeil s'égare*). Tu pars ! toi ! avec cette jeune fille.

Le Baron.

Avec cette femme que tu as vue.

ZELIA.

Quelle épaisse nuit ! (*elle s'assied et ferme les yeux*). Et cette étrangère ?

Le Baron *à ses pieds.*

Est ma femme.

Zelia. (*Elle ouvre les yeux, le fixe et laisse tomber ses bras.*

Ta femme !

Le Baron.

Et Lucy c'est ma fille ! (*Zélia est évanouie. Il*

s'en apperçoit). Zélia ! Zélia ! elle ne m'entend plus ! (*il crie aux portes*). Du secours, du secours !...

SCENE IX.

CECILE, LUCY, JULIEN *entrent vivement.*

(*Cécile et Lucy secourent Zélia.*)

Le BARON.

Voyez ! voyez ! elle expire ! Secourez-la ! secourez-la ! (*Zélia fait un mouvement.*)

CECILE.

Elle revient à elle.

LE BARON, *la regardant.*

Et par vous ! et par vos soins ! Quel spectacle !... Ah ! je ne puis le supporter.

CECILE, *à Julien.*

Entraînez un instant votre maître.

ZELIA.

L'entraîner ! Qui ? Où est-il ? (*Elle retombe et regarde Cécile et Lucy qui lui prodiguent leurs soins.*) (*Elle les regarde avec l'air de la folie.*) Je vous remercie ! je vous remercie ! Qui êtes vous ?

CECILE.

Calmez-vous !... Je suis Cécile.

ZELIA.

Vous !... Vous n'êtes donc pas parties ? (*elle se lève*) Vous êtes ... Dieu !... qui me l'a dit ? (*elle prend Cécile par la main, la regarde*) Qui es-tu ?... Es-tu ?... Non ... Je n'en puis plus. Je succombe.

CECILE.

Sa douleur me pénètre : ma chère meilleure amie !

ZELIA.

Tu me presses contre ton cœur ... Tu n'es donc pas ... dis-moi ... C'est profondément gravé dans mon ame. Il m'a dit, es-tu ?...

CECILE.

Je suis . . . Je suis sa femme.

ZELIA.

Et moi que deviens-je ! grand Dieu ! ô honte ! (*Elle s'arrache avec précipitation de ses bras, se jette en fureur les genoux en terre devant un fauteuil où elle enfonce la tête comme pour cacher sa honte*). (*Elle se relève, marche à grands pas*). Malheureuse !... malheureuse !.... Je vois, je sens... Epoux... père... perdu, perdu à jamais. (*A Cecile d'un ton bien suppliant*). Ne le reverrai-je plus ?

CECILE.

Va, Lucy, va chercher ton père. (*Lucy sort*).

ZELIA.

Non, non, je vous conjure... arrêtez-la... éloignez-le, ne le laissez pas revenir. (*bas*) Eloigne-toi, homme trompeur.... ô honte.

CECILE.

Zélia, écoutez-moi.

ZELIA.

Laissez-moi ; repoussez-moi. .. Pourquoi me tends-tu les bras ? Tu me hais ! . . .

CECILE.

Ah ! dieu ! Que dites-vous ?

ZELIA.

Tu dois me haïr . . . Tu le dois ! . . . J'ai empoisonné votre destinée. Je vous ai ravi ce qui etoit tout pour vous. . . .

CECILE.

Non, non, ce n'est pas vous qu'il faut en blâmer.

ZELIA.

Vous étiez au comble du malheur, et moi . . . de quelle felicité n'ai je pas joui . . . pendant ce tems ? (*Elle se jette à ses genoux*) Pouvez-vous me pardonner ?

CECILE.

Que faites-vous ? De grace.

ZELIA.

Je veux rester ici prosternée à vos genoux; vous implorer, gémir devant l'Eternel; et vous, pardon! pardon!... (*Elle se relève vivement*) Pardon! Je ne suis pas coupable! Consolez-moi plutôt... Non, je ne suis pas coupable! Tu me l'as donné, grand Dieu! Je l'ai reçu comme le plus cher de tes dons... Laissez-moi, mon cœur se déchire.

CECILE.

Ciel! daignes la regarder en pitié; rends à ce cœur innocent sa paix et sa tranquillité. Le désespoir est pour le crime, et personne ici n'est coupable.

ZELIA.

Je lis dans tes yeux la douce parole de la bonté céleste; tu me plains!... Dis-moi donc que tu me plains!... Tu as senti tout mon malheur.

CECILE.

Calmez-vous, s'il est possible. Celui qui met dans nos cœurs ces sentimens qui nous rendent si souvent malheureux, peut aussi nous envoyer des consolations et des secours.

ZELIA, *se jette dans ses bras.*

Je veux mourir dans tes bras.

CECILE.

Venez. (*Longue pause.*)

(*Cécile la met doucement sur un fauteuil; elle a l'air de dormir.*)

SCENE X.

LUCY, LE BARON, JULIEN.

(*Ils approchent tout doucement.*)

(*Une harmonie triste se fait entendre; ce sont des soupirs plaintifs.*)

(*Zélia paroît dormir; elle met de tems en tems la main sur son coeur.*)

FINALE.

CECILE.

Arrêtez; quelque repos

En la rendant plus tranquille
Va suspendre au moins ses maux.

Le BARON.

Triste et funeste repos,
Son secours est inutile :
Rien ne peut guérir ses maux.

CECILE, LUCY, JULIEN.

Ne troublons point un repos
Qui suspend au moins ses maux

Le BARON.

J'entends *encor* ses sanglots,
Je vois sa langue glacée
Refuser à sa pensée
De proférer quelques mots.
Hélas ! comme elle soupire.
Voyez où pose sa main :
Ne semble-t-elle pas dire,
En la portant sur son sein,
Que la blessure est mortelle.

Le BARON, CECILE, LUCY, JULIEN.

O ciel ! *détourne* loin d'elle
Ce présage trop certain.

ZELIA.

Où suis-je? je le vois:
Barbare, laisse-moi.

Le BARON.

Zélia!

ZELIA.

Plus de Zélia pour toi :
Ne sais-tu pas tout nous sépare.
Barbare, laisse-moi;
Plus de Zélia pour toi.

Le BARON.

Ecoute, écoute.

ZELIA.

Que me veut-il encor ?
Non, je ne veux plus t'entendre ;
C'est toi, cruel, qui m'as donné la mort.

LUCY, CECILE.

Daignez, daignez vous rendre
Aux soins d'une amitié bien tendre.

ZELIA.

Laissez-moi tous,
Vous causez ma mort.

TOUS.

Ecoutez-nous,
Daignez vous rendre
Aux soins d'une amitié bien tendre.

ZELIA.

Non, je ne veux plus l'entendre.
Tous vous causez ma mort.
Amour, rage, transport,
Douleur affreuse,
Vous déchirez mon cœur.

TOUS.

Ecoutez-nous, écoutez-nous.

ZELIA.

Laissez, laissez à sa douleur
Une femme trop malheureuse
Pour que rien console son cœur.

TOUS.

Cessez, cessez.

ZELIA.

Laissez, laissez,
Ah! laissez une malheureuse;
Laissez-la seule à sa douleur.

TOUS.

Pourrions-nous dans sa peine affreuse
La laisser seule à sa douleur?

Fin du second acte.

ACTE

ACTE III.

Le Théâtre représente le jardin du château, dans le genre anglois. A gauche on apperçoit une petite porte du mur de l'enceinte ; à droite sur l'avant-scène, on voit un groupe de peupliers et de cyprès et un tombeau de gazon ; à deux pas une fosse ouverte, dont la terre est sur les bords : une tombe de marbre blanc pose à côté ; elle est un peu sur le champ, de manière que l'on puisse cependant s'y asseoir. En opposition de ces objets, il doit y avoir sur la gauche un ou deux petits groupes d'arbrisseaux de lilas en fleur et de passe-rose dont les tiges sont assez élevées. Les trois arcades de la galerie du château occupent une partie du fond. La lune apperçue entre quelques arbres doit achever de donner une couleur sombre à ce tableau ; sa lumière doit être dirigée principalement sur la partie du théâtre où est le tombeau. Aux deux premières scènes, les acteurs auront soin de se tenir sur la gauche.

SCENE PREMIERE.

JULIEN, NANETTE, NICOLAS.

(*Ils reviennent par la petite porte du jardin*).

JULIEN, *une lanterne à la main.*

ATTENDEZ-MOI ici. Je vais l'avertir, je vais l'avertir que vous avez consenti à ce qu'elle demande.

(*Il va vers le château, et entre par une des arcades les plus apparentes*).

NICOLAS.

Hâtez un petit brin votre affaire, M. le concierge, car il est déjà 2 heures.

NANETTE.

Mais est-ce une bonne action que tu fais là ?

NICOLAS.

Sans doute; madame Zelia veut absolument s'en aller ; et puisque M. le baron a retrouvé sa première femme, il ne pourra pas raisonnablement se fâcher quand il saura la seconde envolée : est-ce qu'on retient les femmes de force, donc?

NANETTE.

Ah c'est vrai ; mais malgré tout, je crois que tu as tort de te prêter à son invasion, la nuit ! com' çà ! tout de suite, tandis que tout le monde n'en sait rien.

NICOLAS.

Mais, est-ce qu'elle a besoin de faire des adieux à quelques-uns, est-ceque tu ne sens pas tout d'abord, toi ?

NANETTE.

T'as bleau dire, je crois que tu as tort.

NICOLAS.

Bah ! tort ! Julien m'a donné de sa part vingt ducats, morguenne, tant seulement pour la conduire à quelques lieues, et tu veux que j'aie tort de faire ce qu'elle veut, après ça ?

NANETTE.

Vingt ducats ! c'sont des raisons. Que n'parlois-tu ?... Cependant, tiens, Nicolas, et c'voyage il ne me plaît guères.

NICOLAS.

Chut : v'là qu'on arrive par ici.

NANETTE, *à part, tandis qu'il regarde vers le château.*

J'voulons prévenir mam' Thillon ; j'ons peur qu'une fois en route on ne m'emmène mon Nicolas plus loin qu'il ne compte.

SCENE II.

ZELIA, JULIEN, NANETTE, NICOLAS.

ZELIA. (*Elle s'avance en s'appuyant sur Julien ; ils sortent des arcades.*)

Tout est-il prêt ?

NICOLAS.

Oui, madame ; cependant il faudra bien encore l'petit quart d'heure. Où madame veut-elle que se tienne la voiture ? car monsieur Julien nous a dit qu'il ne falloit pas faire de bruit.

ZELIA.

A la dernière maison du village, je ne tarderai pas à m'y rendre.

NICOLAS.

V'là Nanette qui va m'aider à prendre d'abord vos paquets.

ZELIA.

Je n'en ai point. (*à part*). Je n'emporte qu'un seul objet précieux, oui, toujours précieux, et je m'en chargerai moi-même ; allez, mes amis et pressez-vous.

NICOLAS.

A vos ordres, madame... (*à Nanette*). Courons bien vîte.

NANETTE *à part.*

Oui, courons prendre conseil sur s'te partante. (*Ils s'en vont par la petite porte du jardin en se prenant sous le bras.*

ZELIA *regarde avec inquiétude vers ce château.*

Penses-tu que quelqu'un ait pu nous entendre?

JULIEN.

Je ne le crois pas ; l'une des dames est si malade que les domestiques l'ont forcée de se mettre au lit, et monsieur le Baron s'est enfermé dans une aîle du château, si accablé de fatigue et de tristesse que je le crois aussi couché. Tout est calme au château.

ZELIA.

Ou du moins tout a l'apparence ; car je crois que le chagrin interrompra cette nuit le sommeil de tout le monde.

JULIEN.

Mais, vous-même, madame, comment avez-vous pu éloigner tous ceux qui vous entouroient ?

ZELIA.

J'ai feint d'être devenue plus tranquille, et j'ai

exigé qu'on me laissât seule jusqu'à demain... Ils y ont consenti ; ils m'ont quittée... (*avec chagrin*) Peut-être ont-ils été bien-aises de me quitter... Oh ! non !... Il n'y a pas de mauvais cœurs ici... Je crois qu'ils ne me haïront pas.

JULIEN.

Vous haïr ! et qu'est-ce qui le pourroit jamais ? Qu'est-ce qui pourra prononcer ici votre nom sans pleurer ? Tenez, madame, je suis un vieux soldat, et j'ai toujours cru qu'il convenoit mieux à un homme de répandre son sang que des larmes ; et cependant depuis tantôt je n'ai cessé de pleurer ; voilà encore que je recommence quand je songe que je ne vous reverrai plus, vous que j'avois tant de plaisir à nommer notre maîtresse, notre bonne maîtresse ! mais aussi pourquoi ne pas vouloir que je vous suive ! pourquoi m'ordonner de rester dans ce château?

ZELIA.

Eh mon ami ! si tu en sortois, qu'est-ce qui parleroit encore quelquefois de moi à ton maître ? Je te charge de ce soin-là.

JULIEN.

Oh ! comme je m'en acquitterai !

ZELIA.

Je te charge sur-tout de lui dire que je ne lui fais aucun reproche, et que je pars sans me plaindre de personne.

JULIEN.

Voilà de ces ordres qui ne font point de peine à exécuter : ce n'est pas comme celui que vous m'avez donné pour aller préparer votre départ. Je vous ai obéi, parce que je ne crois pas qu'il y ait personne qui puisse vous dire non : vous avez ordonné et j'ai couru ; mais en vérité... Je voudrois... Ah ! je ne sais pas ce que je voudrois ; car je sens bien que vous seriez trop malheureuse en restant ici plus long-tems.

ZELIA.

Toi-même, tu le sens, mon ami ! Ah ! mon devoir

est écrit dans le cœur de tous les gens vertueux. Mais, dis-moi, je regarde, je cherche autant que ma vue peut s'étendre ; je n'apperçois point le seul objet que j'ai voulu emporter du château. J'ai cru que tu t'en étois chargé ; où l'as-tu posé?

JULIEN.

Ah ! pardon ; je suis si troublé ! Je l'ai laissé dans la galerie.

ZELIA, *vivement.*

Je ne puis me résoudre à partir sans lui ; vas le chercher, je t'en prie.

JULIEN.

J'y vais ; mais, peux-je vous laisser seule ici la nuit.

ZELIA.

Seule ! (*avec un peu d'effroi*) Il est vrai ! ... Mais il faut bien m'y accoutumer : ne suis-je pas condamnée à être désormais toujours seule ? Vas, mon ami, vas.

JULIEN *met sa lanterne à côté de Zélia, qui la prend après une pause.*

Allons, je vous obéis : je ne sais que cela.

SCENE III.

ZELIA, *seule.*

J'avois besoin d'être seule avant de quitter ces lieux, et sur-tout cet endroit ... (*Elle prend la lanterne et la pose sur la pierre, de façon qu'elle éclaire le tombeau.*) où je laisse le tombeau de ma fille. Ah ! qu'il m'en coûte de m'en séparer ! Voilà la première fois que je sens qu'elle est heureuse d'avoir perdu l'existence presqu'en la recevant ... Si elle vivoit que seroit-elle à présent ? et je me plaignois alors ! Il faut que je sois devenue bien malheureuse, puisque l'infortune d'alors est une consolation actuelle ! ... Tombe que je m'étois destinée et sur laquelle j'espérois venir encore après ma mort jouir du souvenir du passé, et de toi aussi me voilà donc exilée ! (*au tombeau de sa fille*) Et de toi aussi.

(*Elle prend sa lanterne, et s'en approche.*)

CAVATINE.

ZELIA.

Tombeau que dès l'aurore
J'allois baigner de pleurs,
Où vers le soir encore
J'apportois des douleurs,
Ma fille, hélas! ta mère
N'y pourra plus venir
De sa douleur amère
Encor t'entretenir.

Toi, tombe délaissée,
Qu'aux jours de mon bonheur
Ma main avoit creusée
Dans un espoir trompeur,
Je n'ose plus prétendre
Que l'on dépose un jour
Ma malheureuse cendre
Dans ce triste séjour.

Ah! fatale pensée!
Trop douloureux regrets!
Mon ame est affaissée.
Cruels et chers objets,
Je vous quitte à jamais,
Je suis donc destinée
A ne vous voir jamais.

SCENE IV.

ZELIA, JULIEN, *tenant le portrait de Fontorbe.*

JULIEN, *d'un peu loin et avec le ton de l'empressement.*

Le voilà, madame.

ZELIA.

Tu n'a pas été surpris par personne?

JULIEN, *tout près d'elle, avec le portrait du Baron dans un beau cadre oval.*

Par personne!

ZELIA.

Donnes-moi.

JULIEN.

Prenez bien garde, il est bien embarrassant.

ZELIA.

Embarrassant ! oh jamais !... Cependant, je voudrois bien le dérober à tous les yeux ; je serois fâchée que d'autres... Otons ce vain ornement ; ce n'est pas là où est le charme.

JULIEN, *atteignant son couteau.*

Si vous voulez, madame, en détachant ces clous.

ZELIA.

Oui, mais, laisses-moi faire. (*elle lui prend le couteau, s'appuie contre la pierre où elle pose aussi le portrait.*) Je pense que tout doit être prêt : vas voir si Nicolas est rendu où j'ai dit ; tu reviendras me chercher lorsquil 'y sera : j'aime mieux attendre ici qu'ailleurs. Je te donne bien de la peine ; mais c'est pour la dernière fois.

JULIEN.

Et c'est ce qui me tue !

ZELIA.

Prends la lumière, et vas vîte.

SCENE V.

(*Elle chante en détachant les clous de la bordure du portrait.*)

Adieu, séjour, adieu, terre chérie ;
Loin de toi je porte mes pas :
Où vais-je? et que m'importe, hélas !
De ton sein me voilà bannie,
Que me font donc les autres climats ?
Et toi, dont en tous lieux l'image
Jusqu'à la mort suivra mes pas,
Mais que dis-je? N'est-ce donc pas
L'auteur du plus sensible outrage?
Je devrois... mais... non... c'est en vain.
L'amour fait taire la vengeance ;
Le fer échappe de ma main,
Et vers lui mon cœur qui s'élance,
Désavoue un pareil dessein,

(*Le couteau tombe, et elle baise le portrait et le presse contre son coeur*).

Mais déjà les premiers rayons de l'aurore vont éclairer mon départ. (*Le baron sort lentement du château et en rêvant*). Je crois distinguer. . . . oui, l'on vient. Partons sans plus attendre.(*Elle prend le portrait et le couteau ; elle va vers la petite porte... toujours en regardant*). Ah ! c'est lui ! oui, c'est lui : pourrois-je m'y méprendre au trouble que je sens... Cachons-nous ici ; je veux le voir encore un instant... Que vient-il faire en ces lieux ?.... (*Elle se jette dans un grouppe d'arbrisseaux*). Il parle ! Ah ! j'entendrai donc encore une fois cette voix si puissante sur mon cœur.

SCENE VI.

LE BARON, ZELIA, *cachée sur la gauche.*

LE BARON *avançant sur la droite et regardant le tombeau.*

C'est ici ! oui, c'est ici ! . . . Je reconnois l'endroit : je veux, près du tombeau de ma fille, près de celui que sa mère s'étoit destinée . . . Je tomberai là ; elles me trouveront là, et mes dernières intentions seront facilement comprises par deux cœurs dont j'ai possédé tous les sentimens, et un jour cette tombe nous renfermera tous.

ZELIA, *à part.*

Je n'entends pas bien ce qu'il dit ; mais je sens au son de sa voix qu'il est bien triste.

LE BARON.

Oui ! j'ai réfléchi ! . . . c'est le seul parti qui me reste ; je souffre trop . . . Toutes deux aimantes . . . toutes deux aimées ! les plus sensibles, les plus estimables des femmes ! . . . Que de félicités se réunissent . . . pour causer mon désespoir . . . et ma mort . . . Zélia !

ZELIA, *sortant un peu avec joie.*

Il prononce mon nom !

Le BARON, *sans l'entendre.*

Cécile !

ZELIA *rentrant avec tristesse.*

Il a prononcé l'autre aussi !

Le BARON.

Chacune me redemande... chacune a droit... ah ! ces infortunées !... et je vivrois !... moi, plus malheureux qu'elles deux, par le malheur de chacune! et je vivrois ! (*avec fureur*). Non, non ! le dessein en est pris, il faut l'achever.... (*Il met un genou sur la pierre de marbre blanc, et tire un pistolet de sa poche*).

O vous, qui m'êtes également chères, recevez ce sacrifice et pleurez moi toutes les deux : (*il lève sa main*). je meurs pour vous.

Zélia qui s'étoit approchée très-doucement, se jette sur lui en détournant sa main; le coup ne part pas, ou bien part en l'air.

ZELIA, *avec un cri.*

Arrête, arrête !

Le BARON. *Il s'est levé.*

Zélia ! toi ici ! que voulois-tu ? que cherchois-tu ?

ZELIA.

Ah ! c'est le ciel qui m'y a conduite ! j'ai sauvé tes jours ! En pensant à ce bonheur, je serai donc encore heureuse !

Le BARON.

Tu suivois mes pas ?

ZELIA.

Non : j'étois ici avant toi.

Le BARON *vivement et avec inquiétude, comme craignant qu'elle n'y fût aussi venue dans quelque funeste dessein.*

Qu'y faisois-tu ? je tremble que...

ZELIA, *qui comprend son idée.*

Non, non ; au moins plus raisonnable que toi, je

fuyois seulement, je m'en allois; car je ne voulois pas mourir encore, de peur de cesser de t'aimer.

Le BARON *soupirant.*

Ah!

ZELIA.

Mais les momens me sont chers; le jour avance. (*Elle regarde*). L'on vient: Cécile même! grand dieu!... jure-moi de vivre, et laisse moi.

Le BARON. *Il la retient par force.*

Non! tu ne partiras point; je n'y puis y consentir.

SCENE VII.

CECILE, LUCY, ZELIA, le BRON, *plusieurs Domestiques.*

CECILE, *accourant avec Lucy.*

Je frémis, je frémis!. Il s'est armé; où est-il? où est-il?

LUCY.

Ciel, rends le nous, s'il en est tems encore.

ZELIA, *avec noblesse et joie.*

Le voilà, madame.

Le BARON.

C'est à elle que vous devez votre époux; il faut vous l'avouer, sans elle mon désespoir terminoit ma vie; sa main a détourné le coup fatal.

CECILE, *serrant le Baron dans ses bras.*

Ah! vous m'en êtes encore plus cher... ah! madame, de quel prix... et combien je vous dois!

LUCY, *aux pieds du Baron.*

Vous n'aimiez donc plus votre Lucy?

ZELIA.

L'entendez-vous, mon ami; laissons un moment nos intérêts particuliers; voyez à vos genoux cette innocente créature; vous voulez la priver de son père, au moment même que le ciel le lui a rendu.

(*Le Baron parle bas à Lucy qu'il tient dans ses bras.*)

CECILE.

O mon amie!...

ZELIA, *lui serrant la main.*

Oui, votre amie, bien votre amie. (*bas*) Madame, ne souffrez point qu'il reste seul; voilà tout ce que je vous recommande en partant. L'homme est farouche dans la solitude!

CECILE.

Quoi! vous vous séparez de nous.

ZELIA.

Je m'en éloigne; mais je ne m'en sépare pas. Je vivrai loin; mais avec vous, madame, mon ami, (*elle leur tend les mains*) je veux mériter votre confiance à tous. Je vous demande une grace..... vous m'écrirez; vos lettres feronttoute ma félicité, et vous recevrez les miennes.... comme une visite agréable.

Le BARON.

Quelle femme! Je ne puis proférer un seul mot!

CECILE.

On ne peut assez l'admirer! Femme sensible et généreuse, vous feriez son bonheur. Il revenoit faire le votre, et c'est moi qui ai jetté ici le trouble et la douleur! Ah! n'est-ce pas plutôt pour moi qu'est fait l'exil et l'éloignement?

Le BARON.

Que faire? que résoudre? Femmes si tendres et si cruelles! Pourquoi briser un cœur qui étoit déjà déchiré? Ne suis-je donc pas assez accablé? Laissez-moi toutes deux; abandonnez-moi. Oui, laissez-moi toutes deux.

ZELIA et CECILE.

Impossible! Impossible!

Le BARON.

Qui osera donc décider entr'elles?

ZELIA *avec gaîté et sentiment.*

Je le sais bien, moi.

AIR.

ZELIA.

Nous redemandons un époux ;
Mais pour savoir lequel y doit prétendre,
Regardez cet enfant ; qu'il décide entre nous.
C'est un père qu'il faut lui rendre.
Son intérêt doit l'emporter sur tout.
Nom sacré d'enfant et de père.
L'amour devant vous doit se taire :
Les autres noms ne sont rien près de vous.

ENSEMBLE.

Nom sacré, etc.
C'est pour vous que l'on prend celui d'époux.

SCENE DERNIERE.

Les Acteurs précédens, JULIEN, ensuite la veuve TATILLON, NICOLAS, NANETTE. Tout le Village *entrant par la petite porte du jardin.*

JULIEN *à* ZELIA.

Madame, plus possible de vous en aller. (*voyant le Baron et Cécile*) Mais...

Le BARON.

Continue, continue.

JULIEN.

Les paysans ameutés par la veuve Tatillon ont battu Nicolas et dételé les chevaux. Ils s'opposent absolument à votre départ. J'vous les amène pour que vous entendiez leurs raisons ; ils ont juré que vous ne quitteriez pas le pays.

La veuve TATILLON, *entrant vivement aussi par la petite porte, suivie des gens du village.*

Eh oui ! j'en avons fait le serment, et ça ne sera pas. Nanette m'a tout conté ; ce seroit une calamité publique que ce départ là ; ça ne sera pas.

TOUS.

Non, ça ne sera pas !

Le BARON.

Vous le voyez ; tous pensent comme nous.

LUCY, *à part.*

Ah ! tant mieux ! elle restera.

CECILE.

Comme tout le monde l'aimoit ici.

ZELIA, *aux paysans.*

Mes amis, croyez que je n'oublierai jamais !... Mais cela ne se peut ... Non, cela ne se peut.

La veuve TATILLON.

Eh ! si vous ne voulez plus rester au château, venez-vous en chez nous tandis que ces bonnes gens vous auront bientôt bâti une demeure digne de vous.

ZELIA.

Madame, je vous rends grace ; mais il faut que je parte.

NICOLAS, *se détachant du groupe des paysans.*

Et si vous v's'en allez, ils demandent com' ça, qu'est-ce qui fera donc du bien dans le pays ?

ZELIA, *montrant Cécile.*

Elle, elle, comptez sur son cœur.

NANETTE, *se détachant du groupe de paysans.*

V'là toutes les mères qui demandent aussi, qu'est-ce qui caressera leurs petits enfans ?

ZELIA, *montrant Cécile.*

Rassurez-vous, rassurez-vous ; voilà qui me remplacera bien.

NANETTE.

Oh ! madame a sa fille, disent-ils tous, elle n'aura pas besoin d'aimer les nôtres.

La veuve TATILLON.

Et puis, v'là madame réunie à son mari ; elle sera heureuse, et nous autres paysans nous ne sommes pas si bien venus des gens heureux ; il faut qu'il y ait toujours un peu de chagrin de la part des grands seigneurs pour qu'ils se rapprochent de nous. (*à Cécile*) Et pardon, madame, ce n'est pas à mauvaise intention que c'te vérité nous échappe.

CECILE.

Elle ne peut me déplaire ; je l'ai éprouvée. Zélia ! ma chère Zélia ! pourrez-vous donc vous résoudre à quitter un pays où vous êtes si tendrement aimée ?

LUCY.

Est-ce que vous la laisseriez partir ? Montclam... Cécile, Lucy, Julien.

FINALE.

LUCY, CECILE, LE BARON, JULIEN.

Vous l'entendez,
Vous la voyez
Comme chacun ici vous presse,
Pour empêcher qu'elle vous laisse.
Mes amis, tombez à ses pieds.

ZELIA.

Que faites-vous ?
Ils m'attendrissent jusqu'aux larmes.

LES PRECEDENS, LA VEUVE TATILLON, NICOLAS ET CHŒUR.

Ils pleurent tous à vos genoux ;
Contre vous ils tournent vos armes ;
Voyez-les tous à vos genoux,
Vous presser de vous rendre.
Daignez vous rendre
Aux vœux de l'amitié.

ZELIA.

Ah ! pour me faire rendre
A ce que doit attendre
Leur touchante amitié,
Mon cœur est de moitié.

TOUS.

Daignez vous rendre
Aux vœux de l'amitié.

ZELIA.

Eh bien ! vous le voulez donc tous ?

TOUS.

Oui, nous le demandons tous.

ZELIA.

Eh bien ! [illegible] parmi vous.

TOUS.

Elle restera parmi nous :
Quel plaisir, quel bonheur pour tous.

ZELIA.

Il est si doux de vivre
Avec ceux que l'on aime.

TOUS.

Il est si doux de vivre
Aux lieux où l'on nous aime.
Quel plaisir, quel bonheur suprême ;
Elle fera le bien de tous ;
Mais ferons-nous le sien de même ?

ZELIA.

En faisant le bien de tous,
On n'est plus malheureux soi-même.

FIN.

AVIS.

On trouve chez le même libraire un assortiment de pièces de théâtre, tant anciennes que modernes. Il fait aussi des envois aux personnee qui veulent l'honorer de leur confiance. Il prévient aussi le public qu'il donne des livres en lecture. Le tout à très-juste prix.

326

www.ingramcontent.com/pod-product-compliance
Ingram Content Group UK Ltd.
Pitfield, Milton Keynes, MK11 3LW, UK
UKHW021630260726
13994UKWH00003B/1157

9 782329 053806